Les contes de la Bécasse

FichesdeLecture.com

Les contes de la Bécasse (Fiche de lecture)

I. INTRODUCTION

Les contes de la Bécasse sont un recueil de nouvelles, il s'agit d'histoires normandes.

Le baron des Ravots a été un excellent chasseur, depuis qu'il est paralysé des jambes, pour satisfaire sa passion, il tire de son fauteuil par la fenêtre sur les pigeons que son domestique, caché dans un massif, lâche à intervalles imprévus. Chaque année lors de la saison des chasses, il réunit ses amis et met sur le col d'une bouteille un tourniquet sur lequel il ajoute le crâne d'une bécasse, en faisant pivoter la bouteille, le bec de l'oiseau désigne un de ses amis qui doit raconter une histoire, un « conte de la bécasse ».

II. RÉSUMÉ DES NOUVELLES

Farce normande

Jean Patu, un riche fermier se marie avec Rosalie Roussel. Nous sommes le jour des noces lors du repas dans sa ferme. Le festin dure six heures au cours desquelles les hommes font des plaisanteries à double sens. L'un d'eux déclare que Jean, qui est un grand chasseur, ne se dérangerait pas ce soir si des braconniers venaient sur son terrain.

Durant la nuit, un coup de feu est tiré au-dehors. Jean pense immédiatement que c'est un braconnier, il se lève et sort. Rosalie l'attend toute la nuit. Au matin, on le retrouve ficelé des pieds à la tête, son fusil tordu, sa culotte à l'envers et, sur sa poitrine, un écriteau avec inscrit : « *Qui va à la chasse perd sa place* ».

Ce cochon de Morin

Morin part en voyage à Paris, dans le train une belle jeune fille lui sourit, il prend ce signe pour une invitation et se jette sur elle pour tenter de l'embrasser. Cette dernière le repousse et porte plainte pour « outrage aux bonnes mœurs ». Tout le monde se moque de lui et sa femme le délaisse.

Il demande à son ami Labarde, de l'aider. Celui-ci se rend chez les parents de la jeune fille, Henriette, la rencontre, ils s'embrassent puis il lui déclare être amoureux d'elle depuis longtemps, enfin passe la nuit avec elle. La plainte est retirée, mais Morin se fait toujours appelé ce « *cochon de Morin* », il en meurt.

La folle

Une femme à la suite de la perte de son mari, se noie dans son chagrin et reste alitée pendant quinze ans. Les Prussiens occupent la ville où elle vit, un officier s'installe chez elle et l'oblige à se lever, il la fait transporter sur son lit dans la forêt.

Mais l'hiver est particulièrement rude et la neige tombe, personne ne la voit. Au printemps, le narrateur trouve un crâne humain en se rendant à la chasse, il est persuadé que c'est celui de la folle, morte de froid et dévorée par les loups.

Pierrot

Mme Lefèvre vit avec sa servante. À la suite d'un vol chez elles, ces dernières décident de prendre un chien, Pierrot. Malheureusement il ne jappe pas et on demande un impôt sur le chien, ce que Mme Lefèvre, avare refuse de payer. Elles le jettent alors dans une sorte de cimetière pour chiens où ils meurent de faim. Au moment où elles le lancent, il jappe. Prise de remords, Rose, la servante le nourrit tous les jours, mais un jour il y a un autre chien, alors pour ne pas qu'il vole la nourriture, elle garde le morceau se pain.

Menuet

Le narrateur est dans la pépinière du Luxembourg. Il aperçoit un couple de vieillards qui, chaque jour, danse à l'abri des regards. Il fait leur connaissance et append qu'il a été maître de danse à l'Opéra du temps de Louis XV, qu'elle était la Castris, grande danseuse aimée des princes et des rois. Le narrateur part en province et à son retour deux ans plus tard le couple et la pépinière ont disparu.

La peur

Nous sommes à bord d'un navire en direction de l'Afrique, des hommes parlent de la peur, la définissent : « *La vraie peur, c'est quelque chose comme une réminiscence des terreurs fantastiques d'autrefois.* ».

L'un d'eux, « *l'un de ces hommes qu'on devine trempés dans le courage* », rappelle celle qu'il a ressentie dans le désert au cours d'une expédition avec un ami. Il entendit un bruit étrange, celui du « tambour des sables ». Son ami tombe sur le sol, mort, il a été frappé par une insolation.

Puis le narrateur passe la nuit dans le nord-est de la France chez un garde forestier qui avait tué un braconnier deux ans auparavant à la même date. Ils sont persuadés que le mort va revenir cette nuit. Comme le chien ne cesse de hurler, ils le mettent dans une cour. Ils entendent quelqu'un frôler les murs, puis apparaît une tête blanche. Le garde tire. Le lendemain, ils découvrent le cadavre du chien, la tête fracassée par une balle.

Les sabots

M. Omont a besoin d'une servante, un père envoie alors sa fille, Adélaïde, un peu simple. M. Omont lui promet qu'ils ne mêleraient pas leurs sabots, c'est-à-dire que leurs relations seraient strictement professionnelles. Cependant, il partage tout avec elle, jusqu'à son lit. Elle tombe enceinte, et affirme à son père qu'elle ne savait pas qu'on pouvait tomber enceinte en mêlant ses sabots avec ceux d'une autre personne. M. Omont et Adélaïde se marient une semaine plus tard.

La rempailleuse

Au cours d'une discussion sur les conceptions de l'amour, un médecin raconte la passion d'une rempailleuse pour un pharmacien pendant cinquante-six ans. Enfant, elle donna deux liards à un garçon bourgeois de son âge car il avait perdu son argent puis elle l'embrassa. Durant des années elle lui donna de l'argent pour pouvoir l'embrasser.

Mais il s'éloigne peu à peu d'elle, il se maria et lorsqu'elle l'apprit elle voulut se noyer. Il était devenu pharmacien et la soigna sans la reconnaître. Heureuse, elle se mit à économiser pour lui jusqu'à sa mort. Le médecin se rendit chez le pharmacien après sa mort, ce dernier fut offusqué, mais accepta l'héritage.

Un normand

Le père Mathieu se retrouve gardien d'une chapelle où siège une statue qu'il a appelée « Notre-Dame du Gros-Ventre » pour faire allusion aux filles enceintes qui y viennent. Il créer des prières et les vend. « Il boit en artiste » et a mis en place « un saoulomètre » avec lequel il détermine son degré d'ivresse, il ne doit pas dépasser un mètre.

Il fait le commerce de saints, un jour deux bonnes sœurs lui demandent saint Blanc, il se rend compte que sa femme s'en est servi pour boucher un trou de la cabine à lapins, ce qui n'empêche pas les deux fidèles de se prosterner. Il nettoie puis leur vend le saint.

Le testament

Le narrateur a un ami, M. de Bourneval, mais il porte un nom différent de celui de ses frères, M.M. de Courcils. Il se renseigne et découvre son histoire. Sa mère, timide et riche était l'épouse d'un gentilhomme campagnard, bourru, celui-ci ne cessait de la tromper. Elle devient la maîtresse de M. de Bourneval qu'elle aime profondément.

À sa mort, on ouvre son testament dans lequel elle dénonce la cruauté de son mari et de ses deux fils aînés et déclare l'amour qu'elle porte pour M. de Bourneval et son fils cadet auxquels, elle lègue toute sa fortune. Les deux hommes s'affrontent en duel, M. de Courcils est tué. Le cadet lègue la moitié à ses frères et prend le nom de M. de Bourneval.

Aux champs

Deux familles de paysans pauvres, les Tuvache et les Vallin, sont voisins. Ils ont chacun deux enfants. Un jour, M. et Mme d'Hubières, des gens riches demandent aux Tuvache s'ils peuvent adopter un de leurs enfants, ceux-ci refusent. Ils vont voir les Vallin qui acceptent. Le garçon adopté revient des années plus tard, riche et bien élevé. Le fils Tuvache, Charlot, jaloux reproche à ses parents de ne pas l'avoir cédé quand il était jeune. Il les quitte tandis que les parents avaient tout fait pour l'élever dignement et étaient fiers de ne pas avoir troqué leur enfant contre de l'argent.

Un coq chanta

Mme d'Avancelles est mariée à un homme qu'elle n'aime pas. Le baron de Croissard est fou de désir pour elle et fait tout la séduire, lors d'une chasse elle promet une surprise au baron s'il tue la bête. Il y parvient et le soir il se rend à la porte de sa chambre. Elle le fait rentrer puis lui dit de s'installer, elle va revenir. Elle tarde à revenir et il s'endort. Au matin, il est réveillé par le chant d'un coq, elle lui dit alors de se rendormir, employant un ton autoritaire, le même qu'elle prend lorsqu'elle s'adresse à son mari.

Un fils

Deux vieux amis se promènent, il s'agit d'un sénateur et d'un académicien, ce dernier se confie. Lorsqu'il était jeune, il fit un voyage en Bretagne, il voulut séduire une servante qui ne parlait que le breton. Le soir il la plaqua contre le sol et profita d'elle, elle se débâtit en vain. De ce viol naît un enfant, mais sa mère meurt et les aubergistes qui ont pitié de lui le gardent, pour faire toutes les tâches ingrates. Il n'a aucune famille et affection, il grandit seul. Trente ans plus tard, l'académicien revient à Pont-Labbé et apprend que la servante est morte et qu'elle a laissé un orphelin. Il rencontre alors cet homme maigre et boiteux, il comprend immédiatement que c'est son fils alors il lui donne de l'argent, mais ce dernier le dépense en boisson.

Dès lors il revient chaque année pour lui donner de l'argent et tenter d'améliorer son sort. Mais il se rend compte que c'est peine perdue, son ami le sénateur comprend alors combien il est important de s'occuper des enfants qui n'ont pas eu de père.

Saint-Antoine

Saint-Antoine est le surnom d'Antoine, un paysan normand, veuf de soixante ans, hostile aux Prussiens. Cependant il est contraint d'en loger un, stupide et doux, il lui fait manger de la soupe en le traitant de cochon. Il lui fait visiter le pays et le fait beaucoup manger et boire de l'eau-de-vie, pour lui c'est son « cochon de compagnie » tandis que tout le monde pense qu'ils sont amis.

Le prussien se fâche et sort son sabre, Antoine l'abat d'un coup de fouet. Il cache le corps sous le fumier, puis durant la nuit lui met des coups de fourche et l'ensevelit. Le lendemain, il feint d'être à sa recherche, un gendarme est arrêté et fusillé.

L'aventure de Walter Schnaffs

Walter Schnaffs est un gros soldat allemand pacifiste, il est malheureux car il est entré en France avec l'armée d'invasion. Au cours d'une bataille, il se cache dans un fossé et souhaite être fait prisonnier. À force de ne pas manger, il devient fou et il se rend devant un château, mais son apparition effraie tout le monde. Il s'empiffre et s'endort. Réveillé par une troupe, il est fait prisonnier et est heureux.

III. AXES DE LECTURE

Des contes dramatiques

Dès le début du recueil, le lecteur perçoit la dimension tragique de l'œuvre, en effet, ce sont des histoires racontées à l'initiative du baron des Ravots qui a été un excellent chasseur, mais est désormais paralysé des jambes, pour satisfaire sa passion, il tire de son fauteuil par la fenêtre sur les pigeons que son domestique, caché dans un massif, lâche à intervalles imprévus.

Chaque année lors de la saison des chasses, il réunit ses amis et met sur le col d'une bouteille un tourniquet sur lequel il ajoute le crâne d'une bécasse, en faisant pivoter la bouteille, le bec de l'oiseau désigne un de ses amis qui doit raconter une histoire, un « conte de la bécasse ».

Toutes ces nouvelles n'ont aucun lien logique, cependant il est beaucoup question d'histoires simples autour des certains traits de caractère propres à chacun, comme si chaque nouvelle était une mise en garde de l'auteur sur nos dérives potentielles.

L'auteur met en évidence les défauts de l'être humain comme l'avarice, l'orgueil, la tromperie… au début, ces défauts semblent minimes et inoffensifs, mais ils deviennent dangereux avec le temps puisqu'ils s'accentuent.

Prenons l'exemple de *Pierrot,* l'avarice pousse Madame Lefèvre à gâcher sa propre vie et celle des autres. L'argent lui enlève tous ses sentiments. Son avarice est plus forte qu'elle, incontrôlable. Elle va jusqu'à martyriser son chien, en l'abandonnant et en lui faisant subir les pires supplices comme la faim.

Cependant en voulant économiser de l'argent et ne pas payer de taxe sur le chien, en se débarrassant de lui, elle s'expose au danger de se refaire cambrioler, ce qui lui coûterait bien plus cher. Par économie, elle est devenue inhumaine.

Il est question de remords dans *un fils*, tous les personnages semblent désespérés. La jeune fille met un enfant au monde qu'elle n'a pas voulu, puis meurt. L'enfant mène une vie misérable, sans famille et sans amour. L'académicien, plein de remords, ne sait comment réagir face à ce fils dont il n'a jamais voulu et découvert par hasard. Il essaie de l'aider en lui donnant de l'argent, mais n'aura jamais de rapports père-fils, puisqu'il n'ose pas dire au garçon qui il est réellement.

L'académicien réalise qu'il a commis une bêtise irréparable dans sa jeunesse. Il se sent responsable. La morale de cette histoire semble démontrer que si un enfant n'est pas aimé, pas éduqué, il reste primaire, incapable de mener une vie normale. À la fin les deux hommes se rendent compte que tous les voleurs et les bandits qui les volaient n'étaient autres que leurs propres fils qui avaient mal tourné à cause de leur manque d'éducation. À son habitude, dans les histoires d'enfants naturels de Maupassant, si le nourrisson survit, il devient un raté.

Dans chaque nouvelle, les protagonistes se retrouvent face à leurs fautes passées et doivent les « payer », ils se rendent comptent du mal que leur attitude a pu faire à eux-mêmes et à leur entourage, mais ils ne peuvent plus revenir en arrière, le mal est fait.

Ces nouvelles sont tragiques et dramatiques, il y a beaucoup de regret, de rage, de mort, et de violence. Maupassant décrit avec cynisme la vie de ses protagonistes. Il y a à la fois de la fatalité, de la férocité, de la vanité, des regrets et de la violence. Il dénonce en quelque sorte l'ingratitude de la vie. Ce sont des faits divers plein de mesquineries et de satires décrits avec minutie. Il met en avant la cruauté et l'égoïsme qui sommeillent en chacun de nous.

L'empreinte de l'écriture réaliste et de 'école naturaliste

Suite au romantisme émerge le « réalisme d'observation » dans la littérature de la seconde moitié du XIXe siècle. Ce courant décrit la réalité telle qu'elle est, sans artifice et sans idéalisation, avec des personnages issus des classes moyennes ou populaires. Il s'oppose ainsi au romantisme. Le contexte historique est d'ailleurs plus favorable à la production d'une littérature plus descriptive qu'intuitive, fondée sur l'analyse des milieux sociaux observables, plutôt qu'imaginés.

Maupassant a participé à l'élaboration du recueil collectif des *Soirées de Médan*, en 1880, manifeste de l'école naturaliste. Une des thématiques récurrentes dans les nouvelles de Maupassant est l'ordinaire cruauté des êtres humains. Inspiré par Flaubert et, comme d'autres écrivains contemporains, par la pensée de Schopenhauer, Maupassant dépeint un monde profondément désespérant.

L'inconscience, l'égoïsme, la cruauté y règnent tandis que l'homme est « *une bête à peine supérieure aux autres* ». Le style des nouvelles de Maupassant reprend quelques-uns des traits typiques de l'écriture réaliste et de l'école naturaliste. Ses récits comportent des mots empruntés au patois normand, les propos et les pensées des personnages sont d'ailleurs souvent rapportés au style indirect libre.

Il s'emploie à montrer la vérité intime et cachée d'un milieu, d'un trait de caractère, d'un personnage ou encore d'une histoire. Certains de ses récits sont donc construits autour d'un objet ou d'une obsession comme *La Folle*.

Les thèmes de la peur, du double et de la folie sont également privilégiés dans l'univers de l'écrivain. L'écrivain réaliste préfère le réel au romanesque donc l'objectivité à la subjectivité. Maupassant décrit les choses telles quelles sont sans les enjoliver.

La guerre franco-prussienne

En 1870, Maupassant est mobilisé, comme beaucoup de jeunes hommes de son époque, il est marqué par ce conflit, ce thème est présent dans *La folle, Saint-Antoine et L'aventure de Walter Schnaffs*.

Dans *La folle* il met en avant la cruauté de l'occupant, cette nouvelle est une véritable tragédie où il est question de beaucoup de fatalités : celle des décès subis par la folle, celle de sa folie, celle de la folie de l'officier et celle enfin de l'hiver. Cependant, le dénouement est incertain car on ne sait pas si le crâne retrouvé est bien celui de la folle.

Maupassant mentionne ici les loups, qui viennent de l'Europe de l'Est, symbolisant ainsi la cruauté des Prussiens. En évoquant le conflit franco-prussien, l'auteur proteste contre les Prussiens et contre la guerre. Tandis que la guerre est finie, les Prussiens occupent la France pour la punir, pour lui faire « payer une lourde indemnité ».

Il montre le caractère absurde et cruel de l'officier, mais surtout de la guerre en général et de l'occupation des Prussiens. Il met en scène deux folies, celle de la femme et celle de l'officier. La folle, devant la réalité de la mort, se réfugie dans l'hystérie alors que l'officier qui désire montrer sa puissance s'en prend à une femme sans défense. Finalement, il devient la victime de son piège car il a une mort inutile et cruelle sur la conscience.

Dans *Saint-Antoine* il montre où peut entraîner la haine, Antoine, un paysan normand, veuf de soixante ans, hostile aux Prussiens est contraint de loger un prussien, stupide et doux. Pour se venger, il se moque de lui et lui fait manger de la soupe en le traitant de cochon. C'est son « cochon de compagnie » tandis que tout le monde pense qu'ils sont amis.

Mais un jour le prussien se fâche et sort son sabre, Antoine l'abat d'un coup de fouet. Il cache le corps sous le fumier, puis durant la nuit lui met des coups de fourche et l'ensevelit. Le lendemain, il feint d'être à sa recherche, un gendarme est arrêté et fusillé.

Maupassant met ici en scène un vieux paysan aveuglé par la haine, on ne peut pas le forcer à héberger un prussien, tôt ou tard, son amertume prend le dessus et il le tue. Son comportement est d'ailleurs vicieux car il fait semblant de bien l'accueillir et de l'apprécier pour pouvoir le tuer en toute impunité. Un autre est arrêté à sa place. Son plan a fonctionné, personne ne le soupçonne de l'avoir tué alors que depuis le début, il projette d'éliminer son ennemi de toujours.

Puis il nous décrit Walter Schnaffs, un gros soldat allemand pacifiste, il est malheureux car il doit se battre, lui qui est opposé à la guerre. Pour lui, la meilleure issue est d'être fait prisonnier. À force de ne pas manger, il devient fou et il se rend devant un château, mais son apparition effraie tout le monde. Réveillé par une troupe, il est fait prisonnier et est heureux.

Au cours de ces trois récits, Maupassant montre l'absurdité de la guerre, ses protagonistes commettent des actes qu'ils n'auraient jamais commis dans une situation normale. Il ne semble avoir aucun parti pris car il nous décrit tour à tour, un officier orgueilleux, punit par sa bêtise et sa cruauté, un vieil homme qui a commis l'irréparable puis finalement un soldat Allemand pacifiste qui est fait prisonnier, ce qui le rend heureux car il n'a pas à combattre. Finalement, ces personnages semblent être des victimes de la guerre. Le thème de la guerre nous renvoie à celui de la chasse, l'auteur a peut-être voulu mettre le lecteur en garde contre les dérives de la chasse.

Dans la même collection en numérique

Les Misérables
Le messager d'Athènes
Candide
L'Etranger
Rhinocéros
Antigone
Le père Goriot
La Peste
Balzac et la petite tailleuse chinoise
Le Roi Arthur
L'Avare
Pierre et Jean
L'Homme qui a séduit le soleil
Alcools
L'Affaire Caïus
La gloire de mon père
L'Ordinatueur
Le médecin malgré lui
La rivière à l'envers - Tomek
Le Journal d'Anne Frank
Le monde perdu
Le royaume de Kensuké
Un Sac De Billes
Baby-sitter blues
Le fantôme de maître Guillemin
Trois contes
Kamo, l'agence Babel
Le Garçon en pyjama rayé
Les Contemplations

Escadrille 80

Inconnu à cette adresse

La controverse de Valladolid

Les Vilains petits canards

Une partie de campagne

Cahier d'un retour au pays natal

Dora Bruder

L'Enfant et la rivière

Moderato Cantabile

Alice au pays des merveilles

Le faucon déniché

Une vie

Chronique des Indiens Guayaki

Je voudrais que quelqu'un m'attende quelque part

La nuit de Valognes

Œdipe

Disparition Programmée

Education européenne

L'auberge rouge

L'Illiade

Le voyage de Monsieur Perrichon

Lucrèce Borgia

Paul et Virginie

Ursule Mirouët

Discours sur les fondements de l'inégalité

L'adversaire

La petite Fadette

La prochaine fois

Le blé en herbe

Le Mystère de la Chambre Jaune

Les Hauts des Hurlevent

Les perses

Mondo et autres histoires

Vingt mille lieues sous les mers

99 francs

Arria Marcella

Chante Luna

Emile, ou de l'éducation

Histoires extraordinaires

L'homme invisible

La bibliothécaire

La cicatrice

La croix des pauvres

La fille du capitaine

Le Crime de l'Orient-Express

Le Faucon malté

Le hussard sur le toit

Le Livre dont vous êtes la victime

Les cinq écus de Bretagne

No pasarán, le jeu

Quand j'avais cinq ans je m'ai tué

Si tu veux être mon amie

Tristan et Iseult

Une bouteille dans la mer de Gaza

Cent ans de solitude

Contes à l'envers

Contes et nouvelles en vers

Dalva

Jean de Florette

L'homme qui voulait être heureux

L'île mystérieuse

La Dame aux camélias

La petite sirène

La planète des singes

La Religieuse

1984

A l'Ouest rien de nouveau

Aliocha

Andromaque

Au bonheur des dames

Bel ami

Bérénice

Caligula

Cannibale

Carmen

Chronique d'une mort annoncée

Contes des frères Grimm

Cyrano de Bergerac

Des souris et des hommes

Deux ans de vacances

Dom Juan

Electre

En attendant Godot

Enfance

Eugénie Grandet

Fahrenheit 451

Fin de partie

Frankenstein

Gargantua

Germinal

Hamlet

Horace

Huis Clos

Jacques le fataliste

Jane Eyre

Knock

L'homme qui rit

La Bête humaine

La Cantatrice Chauve

La chartreuse de Parme

La cousine Bette

La Curée

La Farce de Maitre Pathelin

La ferme des animaux

La guerre de Troie n'aura pas lieu

La leçon

La Machine Infernale

La métamorphose

La mort du roi Tsongor

La nuit des temps

La nuit du renard

La Parure
La peau de chagrin
La Petite Fille de Monsieur Linh
La Photo qui tue
La Plage d'Ostende
La princesse de Clèves
La promesse de l'aube
La Vénus d'Ille
La vie devant soi
L'alchimiste
L'Amant
L'Ami retrouvé
L'appel de la forêt
L'assassin habite au 21
L'assommoir
L'attentat
L'attrape-coeurs
Le Bal
Le Barbier de Séville
Le Bourgeois Gentilhomme
Le Capitaine Fracasse
Le chat noir
Le chien des Baskerville
Le Cid
Le Colonel Chabert
Le Comte de Monte-Cristo
Le dernier jour d'un condamné
Le diable au corps
Le Grand Meaulnes
Le Grand Troupeau
Le Horla
Le jeu de l'amour et du hasard
Le Joueur d'échecs
Le Lion
Le liseur
Le malade imaginaire
Le Mariage de Figaro

Le meilleur des mondes

Le Monde comme il va

Le Parfum

Le Passeur

Le Petit Prince

Le pianiste

Le Prince

Le Roman de la momie

Le Roman de Renart

Le Rouge et le Noir

Le Soleil des Scortas

Le Tartuffe

Le vieux qui lisait des romans d'amour

L'Ecole des Femmes

L'Ecume Des Jours

Les Bonnes

Les Caprices de Marianne

Les cerfs-volants de Kaboul

Les contes de la Bécasse

Les dix petits nègres

Les femmes savantes

Les fourberies de Scapin

Les Justes

Les Lettres Persanes

Les liaisons dangereuses

Les Métamorphoses

Les Mouches

Les Trois mousquetaires

L'étrange cas du Dr Jekyll et de Mr Hyde

L'Ile Au Trésor

L'île des esclaves

L'illusion comique

L'Ingénu

L'Odyssée

L'Ombre du vent

Lorenzaccio

Madame Bovary

Manon Lescaut
Micromégas
Mon ami Frédéric
Mon bel oranger
Nana
Ne tirez pas sur l'oiseau moqueur
Notre-Dame de Paris
Oliver twist
On ne badine pas avec l'amour
Oscar et la dame rose
Pantagruel
Le Misanthrope
Perceval ou le conte du Graal
Phèdre
Ravage
Roméo et Juliette
Ruy Blas
Sa Majesté des Mouches
Si c'est un homme
Stupeur et tremblements
Supplément au voyage de Bougainville
Tanguy
Thérèse Desqueyroux
Thérèse Raquin
Ubu Roi
Un Barrage contre le Pacifique
Un long dimanche de fiançailles
Un secret
Vendredi ou la vie sauvage
Vipère au poing
Voyage au bout de la nuit
Voyage au centre de la terre
Yvain ou le Chevalier au lion
Zadig

À propos de la collection

La série FichesdeLecture.com offre des contenus éducatifs aux étudiants et aux professeurs tels que : des résumés, des analyses littéraires, des questionnaires et des commentaires sur la littérature moderne et classique. Nos documents sont prévus comme des compléments à la lecture des oeuvres originales et aide les étudiants à comprendre la littérature.

Fondé en 2001, notre site FichesdeLectures.com s'est développé très rapidement et propose désormais plus de 2500 documents directement téléchargeables en ligne, devenant ainsi le premier site d'analyses littéraires en ligne de langue française.

FichesdeLecture est partenaire du Ministère de l'Education du Luxembourg depuis 2009.

Plus d'informations sur www.fichesdelecture.com

Notes :